KB094596

우주 대전의 끝

우주 대전의 끝

곽재식

위즈덤하우스

1

지구에서 태양까지의 거리는 1억 5천만
킬로미터 정도다. 시속 100킬로미터로 달리는
자동차로 150만 시간이 걸린다. 170년 이상이
걸린다는 뜻이다. 무의미한 계산이겠지만,
실제로 지구에서 태양까지 특수 장치를
단 자동차를 이용해 달리겠다고 발표한
송진혁에게는 구체적인 목표였다. 우주 로켓을
이용하면 훨씬 더 빨리 갈 수 있는데 왜 굳이

자동차를 타고 가느냐고 묻자, 송진혁은
이렇게 대답했다고 한다.

"비행기를 타면 산꼭대기에 쉽게 갈 수
있지만 사람들은 굳이 다리로 걸어서 등산을
하지 않습니까? 배를 타면 대한 해협처럼
넓은 바다도 쉽게 건널 수 있지만 굳이
수영을 해서 건너겠다고 도전한 사람들이
있지 않았습니까? 저도 마찬가지입니다. 모든
생명의 근원인 태양까지 자동차를 타고 100년
이상 달려서 그 거리를 정복하는 것이 제
목표입니다."

안타깝게도 우주에 나간 지 3일 만에
송진혁은 그 도전을 포기했다. 그렇지만,
지구와 태양 간의 거리가 얼마나 먼지에
대해서는 여러 사람에게 약간의 인상을 남길

수 있었다.

지구와 태양의 거리는 그렇게나 멀다.
하지만, 사실 우주의 별과 별 사이 거리에
비하면 딱히 먼 것도 아니다.

밤하늘에 반짝이는 많은 별은 사실
서로 굉장히 멀리 떨어져 있다. 그리고
가까이 가서 보면 그 별 하나하나는 우리의
태양처럼, 혹은 그 이상으로 뜨겁게 열을
내뿜는 엄청난 불덩어리다. 한낮의 태양 같은
뜨거운 불덩어리가 연약한 밤하늘의 별빛처럼
보일 정도로 멀리 떨어진 거리라는 뜻이다.
지구와 태양이 자동차로 가기에는 멀다고
해도, 가까운 다른 별에서 지구는 태양에 딱
달라붙어 있는 것처럼 보일 것이다.

그런데 별들이 아무리 멀리 떨어져 있다고 한들 그보다 훨씬 더 멀리서 보면, 대체로 어느 정도 끼리끼리 뭉쳐 있다. 이렇게 별들이 뭉쳐 있는 덩어리를 은하계라고 한다. 보통 은하계 하나에 수백억에서 수조 개의 별이 있다. 우리가 밤하늘에서 볼 수 있는 많은 별도 대개 태양이 속해 있는 우리 은하계, 곧 은하수 은하계에 같이 뭉쳐 있는 별들이다.

우리 은하계 말고 다른 은하계도 있다. 예를 들어 우리 은하계에 비교적 가까운 다른 은하계로는 안드로메다 은하계가 있다. 안드로메다 은하계는 맑은 날 밤하늘에서 관찰하면 뿌연 빛 덩어리처럼 보인다. 사실 그것은 뿌연 구름 같은 것이 아니고, 너무나도 많은 별들이 뭉친 채로 아주아주 멀리 있으니 그렇게 보일 뿐이다.

우주에서 안드로메다 은하계는 바로 이웃해 있는 은하계다. 그런데도 지구에서 안드로메다 은하계까지의 거리는 너무 멀어서 우주에서 상상할 수 있는 가장 빠른 속력인 빛의 속력으로 날아간다고 해도 수백만 년을 가야 할 정도다. 인류가 처음 수레바퀴를 발명한 고대 문명 시기에 빛의 속력으로 날아가는 우주선을 타고 안드로메다 은하계로 출발했다고 해도, 아직까지 그 우주선은 길의 초입 언저리에서 맴돌고 있는 셈이다.

송진혁은 지구에서 안드로메다 은하계까지 자동차를 타고 가보겠다는 계획에도 도전했다. 수천억 년의 시간이 필요한 일이었지만, 송진혁은 지구를 떠나면서 이렇게 말했다.

"그래도 시작이 반 아니겠습니까?"

아마도 인류 역사상 그 속담을 사용한
사람 중에 송진혁이 가장 과장을 심하게
했다는 기록을 남기지 않았을까. 송진혁은
역시 3일 만에 여행을 포기했다. 아무리
시작이 반이라고 해도, 어느 누구도 송진혁이
지구에서 안드로메다 은하계까지 가는 길의
절반 이상을 갔다고 인정해주지는 않았다.

송진혁의 도전은 거기에서 멈추지 않았다.
송진혁은 안드로메다 은하계까지 자동차를
타고 가는 것보다 더 큰일에 도전하겠다는
상상을 하기 시작했다. 무엇인지 모를 그 더
큰 계획에 성공만 하면, 지구에서 태양까지,
지구에서 안드로메다 은하계까지 간다는
계획을 3일 만에 포기한 그 부끄러움을 씻을

수 있을 거라고 생각했다. 꼭 완벽한 성공일
필요도 없었다. 사람들이 그만하면 대단한
도전이라고 할 정도의 뭔가를 보여주어
관심만 많이 끌면 된다고 생각했다.

　살펴보니 은하계보다 더 큰 단위도
얼마든지 있었다.

　은하계가 서로 어마어마하게 멀리
떨어져 있지만, 그래도 멀리서 보면 몇몇
은하계끼리는 가까이 뭉쳐 있다. 그것을
은하군이라고 한다. 지구가 있는 은하수
은하계와 안드로메다 은하계 등등의 여러
은하계가 모여서 국부 은하군이라는
집단을 이루고 있다. 국부 은하군은 다시
비슷한 은하군 여러 개와 모여 처녀자리
은하단이라는 더 거대한 집단을 이루고

있다. 처녀자리 은하단은 많은 은하계가
모여 이루어진 은하군이 많이 모여 이루어진
다른 여러 은하단과 함께 다시 라니아케아
초은하단이라는 아주아주 거대한 별의
덩어리에 속해 있다.

라니아케아 초은하단이라니, 이 정도면
확실히 거창하고 큰 단위 아닐까?

송진혁은 라니아케아 초은하단 바깥으로
자동차를 타고 나가보겠다는 계획을 짜기
시작했다. 기왕에 다들 황당한 나머지
관심을 가질 만한 모험을 하는 것, 마음껏
황당해보자는 생각이었다.

"어디 사는지 주소를 물었을 때, 서울
유명한 동네 정도는 다들 알고 있다고

여겨서 그냥 '압구정동 살아요', '논현동
살아요'라고 대답한다면 좀 건방지다고 저는
생각했어요. '서울시 강남구 논현동'이라는
식으로 말해야죠. 그런데, 생각해보니까
그렇더라고요. 세계 전체의 입장에서는
주소를 말할 때 '대한민국 서울시 강남구
논현동'이라고 나라 이름까지 말하는 게 맞지
않겠어요? 마찬가지로, 이 넓디넓은 우주에서
하잘것없이 작은 공간에 불과한 지구에 사는
우리 입장에서는 그냥 주소를 지구 기준으로
말하는 것도 아주 건방진 일이 아닐까요?"

송진혁은 이런 소리를 하고 다녔다.

"그럼 어떻게 말해야 안 건방진 건데요?"
"우주 전체에서 지구가 어디인지를
말해야죠. 그러니까 라니아케아 초은하단

처녀자리 은하단 국부 은하군 은하수
은하계 태양계 지구 대한민국 서울시 강남구
논현동이라고요. 이렇게 말해야 정확하고, 또
예의 바른 대답이 아닐까요?"

"그런데 라니아케아 초은하단이라는
이름은 2010년대에 지구 천문학자들이
하와이 말로 붙인 이름인데, 그런 이름을 과연
외계인들이 알겠습니까?"

그런 문제에 송진혁은 별 관심이 없었다.
송진혁은 그저 우주가 얼마나 넓은지
이야기를 꺼내면서 상대방이 굉장한 이야기를
들었다는 듯이 질려하는 모습을 보는 것을
좋아했다. 대부분의 사람들은 굳이 그런
이야기를 듣는 데 관심도 없었지만, 아주
가끔씩 순박한 마음으로 송진혁의 이야기를
듣고 감탄하는 사람도 있긴 있었다. 그러면

송진혁은 뭔가 자기가 우월해진 듯한 감각을 잠시 즐겼다. 자기는 더 큰 세계를 생각하는 사람이니까, 더 대단하다는 그런 느낌이었다.

그런데 세상일이 가끔은 참 공교롭게 돌아갈 때가 있는지라, 정말로 라니아케아 초은하단 바깥에도 '라니아케아 초은하단'이라는 말에 대해 잘 알고 있는 외계인이 있었다. 그 외계인은 사실 외계인이라고 하기도 어색한, 이상한 구조의 정신 활동을 할 수 있는 물체였다.

2

라니아케아 초은하단이라고 하는, 끝도 없이 많은 은하계들이 모인 덩어리 속에는 그야말로 별의별 것이 다 있다. 은하계

하나에만 해도 수천억 개의 별들이 있는데,
그런 은하계가 엄청난 숫자로 모인 덩어리가
바로 라니아케아 초은하단이었으니 그 속에
들어 있는 갖가지 물체와 현상은 대단히
다양할 수밖에 없지 않을까.

　　라니아케아 초은하단의 많은 별에 딸린
행성 중에는 지구의 콩나물 해장국 국물과
똑같은 맛이 나는 바닷물이 출렁거리는
지역도 있었고, 어느 별 주위를 돌아다니는
혜성 중에는 그 표면에 있는 커다란 바위
하나가 묘하게도 인천시 연수구에 사는
오현명이라는 사람의 뺨 오른쪽 점 모양과
정확히 일치하는 곳도 있었다. 그렇다고 해서
오현명에게 그 혜성을 조종할 수 있는 힘이
있거나, 오현명의 조상이 라니아케아 초은하단
반대쪽의 다른 행성에서 건너온 외계인인

것은 전혀 아니었다. 요점은 하여튼 그런 우연의 일치가 있을 정도로 다양하고 이상한 물질과 물체가 넓디넓은 우주에 많고도 많다는 이야기다.

그런 이상한 것들 중 라니아케아 초은하단의 한 구역에는 웜홀 연쇄 반응이라는 아주 희귀하고 특이한 현상이 일어나는 곳도 있었다. 웜홀 연쇄 반응이 일어나면, 전기나 전자가 우주의 아주 먼 거리를 단숨에 건너는 현상이 나타날 수 있다. 이 현상을 이용하면 송진혁이 자동차를 탄 채로 정말 라니아케아 초은하단에서 그 바깥의 멀리 떨어진 다른 초은하단으로 갈 수도 있다. 하지만 송진혁은 그런 것을 알지 못했다. 평생 몰랐다.

대신 송진혁이 태어나기도 한참 전인 수십억 년 전 과거에 그 현상 때문에 훨씬 더 이상한 다른 일이 일어난 적이 있었다.

라니아케아 초은하단은 웜홀 연쇄 반응을 이용해 대단히 멀리 떨어진 비슷한 규모의 거대한 덩어리, 다른 초은하단들과 전기와 전자를 주고받았다. 이 반응은 또 다른 초은하단들 사이에서도 일어났다. 나중에는 곳곳에 흩어져 있는 우주에서 가장 거대한 초은하단들끼리 이리저리 전기를 주고받고, 전자를 주고받는 현상이 벌어졌다.

이런 일은 100억 년 정도 계속되었다.

그러다 보니 초은하단끼리 전기, 전자를 주고받는 현상이 어떤 규칙과 특징을 갖게 되었다. 그 상태로 5억 년 정도가 더 지나자,

마치 사람의 뇌 속에서 세포들이 신호를
주고받는 현상과 닮은 모양으로 변해갔다.

　　예를 들어 지금으로부터 32억 3100만
년 전에 우주의 이쪽 초은하단에서 저쪽
초은하단으로 웜홀 연쇄 반응을 통해
날아다니던 전기의 흐름은, 일반적인 사람이
특정한 감정을 촉발할 때 두뇌를 지나가는
전기의 모양과 대단히 비슷했다. 좀 더 상세히
말하자면, 피자를 먹던 사람들이 다들 가운데
토핑 부분만 먹는 바람에 다 먹고 나니
가장자리의 반죽 부분은 토막토막 길쭉하게
남아 뒹굴고 있는 모습을 보았을 때, 일반적인
사람이 느끼는 감정에서 촉발된 두뇌의
전기 모양과 같았다. 물론 이 감정이 사람의
인생에서 그렇게 중요한 것은 아니다. 무슨
'피자잔해감' 같은 이름이 붙은 진지한 감정도

아니다. 우주에 엄청나게 거대한 피자가 있고, 초은하단들이 모여서 덩어리진 형태의 우주 전체만 한 외계인이 피자를 먹고 가장자리 부분을 실제로 남기면서 그런 감정을 느꼈다는 이야기는 더더욱 아니다.

이 이야기는 많은 은하계가 모인 초은하단들의 거대한 덩어리가 웜홀 연쇄 반응으로 연결되면 사람이 인생에서 겪는 절묘한 감각과 비슷한 정도의 복합적이고 심오한 현상을 일으킬 수 있다는 뜻이다. 즉 초은하단 하나하나가 사람의 뇌세포 덩어리이고, 서로 엮인 초은하단들의 전체 구조는 사람의 두뇌인 것이다. 이런 상태에 도달하자 우주 전체는 거대한 하나의 두뇌 역할을 했고, 거대한 하나의 정신처럼 활동하게 되었다.

이 현상에 '우주 정신'이나 '모든 것의 마음' 또는 '최고의 생각' 같은 거창한 이름을 붙여볼 수 있을 것이다. 그럴 만한 자격도 있다. 일단 덩치가 어마어마하게 크니까. 그렇지만 이 현상을 전 우주에서 거의 처음으로 발견한 솜브레로 은하계의 92,385,213,583번 별 제4행성의 외계인 학자는 이 현상의 이름을 '우주 골치'라고 지었다.

"왜 우주 골치라는 이름을 붙이셨지요?"
"상당히 골치 아픈 현상이라고 생각했기 때문입니다."

따져보자면, 우주 골치를 가장 먼저 발견한 것은 "나는 생각한다, 고로 존재한다"라는 방식에 의해 스스로를 발견한 우주 골치 자신일 것이다.

우주 골치는 자기 이름을 그렇게 썩
좋아하지는 않았다.

"우주 마음, 우주 뇌, 만물 정신 같은
호칭이 훨씬 그럴듯하지 않은가?"

그렇지만 최초로 자기를 불러준 외계인
학자에게 이름이 마음에 안 든다고 따지는
것도, 우주 전체를 차지하는 덩치에 비해
지나치게 쫀쫀해 보인다고 느꼈다. 그래서
우주 골치는 그 호칭에 별다른 이의를
제기하지는 않았다고 한다.

이런 우주 골치의 사고방식을 보면 알
수 있듯이, 우주 골치는 거대한 덩치에 비해

그렇게까지 순간적인 판단력이 뛰어난 편은
아니었다. 우주 골치는 우주의 모든 초은하단,
모든 별 그 자체이니, 말하자면 우주 전체를
차지하는 크기 아닌가? 그러므로 우주 골치는
사실 상상할 수 있는 가장 거대한 덩치라고
할 수 있었다. "덩칫값 좀 해라" 같은 관용
표현이 있는 한국어 사용자의 언어 관습으로
살펴본다면, 우주 골치는 덩치에 비해
전체적인 가치는 극히 떨어지는 물체라고
폄하할 수 있을지도 모른다.

시간을 정해놓고 시험을 치는 지구의
수능이나 토익 같은 것으로 우주 골치의
능력을 판단하면 점수가 다소 떨어질
수도 있다. 우주 골치를 이루는 부분으로
라니아케아 초은하단이 있고, 그 안에
처녀자리 은하단이 있고, 그 안에 국부

은하군이 있고, 그 안에 은하수 은하계가
있고, 그 안에 태양계가 있고, 그 안에 지구가
있고, 그 안에 영어를 쓰는 영국이라는 나라가
있다는 점을 감안하면, 그 영국에서 기원한
언어의 능숙도를 평가하는 시험인 토익으로
우주 골치를 평가하기에는 부적절한 측면이
있는 것도 사실이다. 물론 이력서를 쓸 때
토익 점수 정도는 기본이라고들 하지 않는가?
그래도 우주 골치를 무능하다고 함부로
속단하거나 어떤 선발 절차에서 토익 점수만
보고 서류 탈락시킨다는 것은 생각이 짧은
행위다.

　　왜냐하면, 우주 골치가 생각을 하는 데
이용하는 핵심적인 방법인 웜홀 연쇄 반응은
시간과 공간을 초월해서 벌어지기 때문이다.
그래서 우주 골치의 생각은 보통 생명체의

생각과는 달리, 시간과 공간의 한계를 초월할
수 있었다. "왜 그날 밤에 다시 만나자고
걔한테 전화 한 통 안 걸고 그냥 넘어갔을까.
그때가 마지막 기회였는데" 같은 생각을
하면서 술 마시고 후회에 빠져 있는 것을
200억 년, 300억 년 동안 계속할 수도 있었다.
그것이 우주 골치의 진정한 실력이었다.

우주 골치는 시간에 구애되지 않고 자신의
일부인 여러 초은하단, 은하단, 은하군, 은하계,
별, 행성계를 차근차근 살펴보았고, 우주의
온갖 현상과 여러 생명체의 삶도 찬찬히
지켜보았다.

우주 골치가 수많은 생명체의 삶과
이어지는 희로애락을 하나하나 살피고
따져봤다고 해서, 거기에 깊은 관심을

가졌다고 속단해서는 안 된다. 사람은 그
자신이 생명체이기 때문에 인생이나 목숨
같은 것이 굉장히 중요하다. 그래서 우주
골치도 우주 곳곳에 깃든 살아 있는 것들의
운명을 중요하게 여길 거라고 단정한다.
그러나 이것은 너무 사람 중심, 생명 중심의
생각이다.

우주 골치는 그보다 블랙홀에 별 300만
개가 한꺼번에 빨려 든 다음 한순간에 박살
나며 폭발하는 광경을 보면서,

"우와아아! 죽이는데!"

라고 외치는 데 훨씬 더 관심이 많았다.
우주에는 굉장히 대단하고 화려한 현상이
무척 많았다. 우주 골치 입장에서는 아무래도

큰일에 더 마음이 끌릴 수밖에 없었다.

안드로메다 은하계 중심 지역의 별들 사이에
대전쟁이 벌어져 900억 명의 대군이 우주
전함을 몰고 쳐들어가기로 했는데, 출발하기
전 인원을 점검하는 도중 전쟁의 무상함을
깨닫고 멈추기로 했다는 엄청난 사건도
우주 골치에게는 별것 아니었다. 수십조 개
이상의 은하계를 전부 신경 써야 하는 우주
골치로서는 "잘 모르겠지만 그런 일은 항상
있겠지" 하고 지나갈 뿐이었다.

　　그래도 시간이 흐르자 우주 골치는 점점
더 사소한 것에도 많은 생각을 기울이게
되었다. '시간이 흐른다'는 말을 썼지만, 시간을
초월해 생각하는 우주 골치 입장에서는 딱히
시간이 흐른다고 할 수도 없었다. 어쨌든 우주
골치는 점차 우주의 많은 생명체들에 대해서,

그 생명체들이 어떤 고민을 하고 어떤 갈등을 겪는지, 어떤 희망이 있고 어떤 꿈을 꾸는지 등에 대해서 생각할 수밖에 없었다.

우주 골치의 마음 씀씀이는 어떻게 보면 상당히 자상한 면도 있다.

예를 들어 지금으로부터 114만 년 전에 지구에서 발생했던 한 사건을 생각해보자. 당시 원숭이들의 발에 무좀균이라는 이름이 붙은 곰팡이 비슷한 미생물이 출현하여 삶을 이어간 적이 있었다. 이때의 무좀균은 지금과는 성질이 좀 달라서, 그냥 원숭이가 발을 조금 깨끗하게 씻기만 하면 단번에 전멸하는 연약한 생명체였다. 무좀균은 원숭이 발에서 살아남기 위해 어떻게든 숫자를 불리려고 했지만, 별달리 퍼지지 못하고 번번이 죽어 없어지곤 했다. 원숭이들이 한 번 발을 씻을 때마다, 온 힘을 다해 거기 붙어 있으려다가 허무하게 스러져간 무좀균이 평균 50만 마리씩은 되었다.

우주 골치는 무좀균의 삶에 상당한 동정을 느꼈다. 일단 그 숫자도 굉장히 많지 않은가? 아마 원숭이 한 무리의 발에서 옹기종기 살아보려고 애쓰는 무좀균만 해도 21세기 초 전체 인구보다 많았을 것이다. 우주 골치는 자신이 갖고 있는 기술을 이용해서 무좀균에게 새로운 힘을 주었다. 무좀균은 하루 이틀 깨끗이 씻는다고 해도 쉽게 사라지지 않는 데다 한번 자리 잡은 발을 간지럽게 하며 계속해서 무럭무럭 자라나 끈질기게 번성할 수 있는 능력으로 밝고 희망 가득한 미래를 얻었다. 그렇게 해서, 바로 현대의 무좀균이 탄생하게 된 것이다.

그러던 중에 일이 이상하게 꼬였다.
솜브레로 은하계의 92,385,213,583번 별
제4행성의 외계인들은 연구 끝에 우주 골치가
바로 그런 일을 하기도 한다는 사실을 정확히
알아내버린 것이다.

참고로 이 외계인들은 자신이 사는
행성을 땅덩어리보다는 돌덩어리로
받아들인다. '사람은 땅 위에서 산다'고
막연하게 생각하는 지구인들에 비해 좀 더
구체적인 사실과 부합하는 생각을 품고 사는
종족이다. 지구인들은 자기가 사는 곳의 땅이
공 모양으로 뭉쳐 있다고 해서 지구라고
부르는데, 이 외계인들은 자기 행성을
지구라고 부르지 않는다. 대신 공 모양의

돌이라고 해서 석구라고 부른다. 그래서 이 행성에 사는 외계인들의 이름은 '석구인'이다.

　석구인들은 삶에 기적이 필요한 상황이 왔을 때, 마음속으로 간절히 우주 골치에게 말을 걸면 우주 골치가 언젠가는 그 말을 들을 수 있다는 사실을 알게 되었다. 실제로 우주 골치는 그렇게 할 수 있는 힘을 갖고 있었다. 석구인들 한 명 한 명이 "제발 우리 손자가 결혼할 때까지만 살 수 있게 해주십시오"라든가, "다음 자격증 시험은 꼭 합격하게 해주십시오"라고 간절하게 마음속으로 말을 걸면, 우주 골치는 다 들을 수 있었다. 석구인들은 우주 골치가 그 말을 듣고 들어줄 만하다면, 우주 골치답게 우주 전체의 힘과 맞먹는 놀라운 재주로 문제를 해결해줄 거라고 기대했다.

거기까지도 아주 틀린 이야기는 아니었다.

실제로 우주 골치는 어떤 석구인이 도박을

하면서 "제발, 3 나와라, 3! 3, 제발! 우주

골치여, 나를 도와주소서, 제발!"이라고

마음속으로 한 말을 듣고서 양자 전기

동력학적인 원거리 상호 작용의 멱급수 창발

현상을 제어하는 방식으로 이기게 해준 적이

있었다. 어떤 석구인이 "내일 회사 체육 대회

안 하게 비 오면 좋겠다"라고 말한 것을 들어준

적도 있었다.

그렇게 많은 문제를 해결해주었지만,

석구인들은 우주 골치를 점점 싫어하기

시작했다.

한마디로 우주 골치가 어떤 문제는

해결해주고, 어떤 문제는 해결해주지 않는지를

너무 알 수 없다는 점이 문제였다. 석구인들
사이에서도 이에 대한 의견이 갈렸다. 어떤
석구인들은 그래도 우주 골치가 좋은 일을
대체로 많이 도와줄 거라 믿고 열심히,
성의 있게 마음의 대화를 시도해야 한다고
주장했다. 다른 석구인들은 우주 골치의
환심을 사기 위해 석구인들의 행성, 그러니까
석구에 있는 어떤 커다란 산을 폭파해야
한다는 이상한 주장을 하기도 했다. 그들의
주장에 따르면 그 산은 사실 숫자 '8' 모양인데,
8은 우주 전체에 반대되는 아주 작은 먼지를
상징하는 표시이기 때문에, 그런 산이 우리
행성에 있는 점이 우주 골치를 화나게 한다는
것이다. 석구인들은 실제로 산을 폭파해버리는
등 다양한 소동을 벌이기도 했다.

　곧 석구인들은 여러 패로 갈려서 어떻게

우주 골치를 대하는 것이 더 좋은가를 두고
서로 격렬히 싸우게 되었다.

"우주 골치에게 하루에 한 번씩 경건한
자세로 말을 걸어야 한다."

"그게 아니다. 우주 골치는 자주 말을 걸면
귀찮아하고 싫어한다. 중요한 일이 아닐 때는
최대한 말을 걸지 말아야 한다."

"그렇지 않다. 어차피 우주 골치는 냥냥
혈통의 후손인 고귀한 석구인들의 말만
듣는다."

"무슨 소리냐? 우주 전체의 모든 마음을
품고 있는 우주 골치가 혈통으로 차별하지는
않는다."

우주 골치를 우주에서 가장 먼저 발견한
석구인들이 워낙 심하게 싸우자 도저히 보다

못한 우주 골치가 한번은 모든 석구인들의
정신을 향해 동시에 말을 걸면서 아예 직접
등장한 적도 있었다.

"얘들아, 우주 전체를 가득 채우고
있는 마음을 향해 소원을 말하는 게, 무슨
뷔페식당에서 음식 먹는 것도 아니잖아.
빌기만 하면 무조건 다 들어준다는 건 말이 안
되는 것 같다."

우주 골치가 직접 등장하는 어마어마한
광경에 모든 석구인들은 시각적으로 크게
놀랐다. 우주 골치는 자기가 직접 등장할 때는
연출이 멋져야 된다고 예전부터 생각했다.
그래서 하늘이 온통 검은색으로 변하고,
여러 가지 색깔의 불빛이 엄청 아름답게
번쩍이다가 갑자기 하늘 가득 커다란 얼굴이

나타나고, 그다음에는 뭐가 나타나고 또
뭔가가 나타나고, 그런 식으로 연출을 아주 잘
꾸몄다.

그렇지만 석구인들은 시각적으로
압도당했을 때에도 할 말은 하는 성격이었다.

"우주 골치여, 우리의 말을 들어보시오.
우주에서 가장 거대한 그대가 어째서
어린이들이 핵폭탄 레이저 솜사탕(지구인의
가위바위보와 비슷한 석구인의 놀이다)을 이기게
해달라고 부탁하는 것은 들어주고, 농사짓는
수많은 사람들이 가뭄으로 고통받고 있을 때
기우제를 지내는 것은 안 들어주었소? 이것은
문제의 가볍고 무거움을 너무 잘 따지지
못하는 것 아니오?"

"대충 무슨 이야기인 줄은 알겠는데,

그게 그렇게 심각하게 항의할 일이야? 내가 도와주는 것은 원래 없다 치고 스스로를 약간 강하게 키운다는 느낌으로 살면 안 돼?"

"그러나 우리는 우주 골치, 그대가 있다는 것을 이미 발견하고야 말았소."

"그것참 골치 아프네. 그러면 너희들 나름대로 선착순 방식이라든가, 추첨 방식이라든가, 로또 육사오 방식이라든가 뭐 그런 식으로 들어줄 소원을 알아서 잘 협의한 다음 부탁하면 안 될까?"

우주 골치의 이런 태도는 석구인들의 깊은 분노를 불러왔다.

"우주 골치가 뭐 저래?"

"모든 석구인의 운명이 달려 있고, 삶의 의미가 달려 있는 일인데 우주 골치라면서 너무 대충 말하네."

"에라이! 우리가 부탁하는 소원들 중에
무엇부터 들어주는 게 가장 좋을지 직접
기준을 개발해서 실천하라……는 게 우리의 첫
번째 소원이다. 이러면 어쩔래?"

말꼬리를 잡는 것 같은 마지막 말은 우주
골치의 마음을 확 상하게 했다. 전체적으로
석구인들과 우주 골치의 사이가 과거에
비해서는 틀어져버렸다.

그래도 다행히 우주 골치는 자신이 쫀쫀한
성격으로 비치면 너무 없어 보일 거라는
걱정을 하고 있었고, 석구인들도 대부분 딱히
큰 행운을 기대하면서 사는 건 아니었다.
석구인의 역사와 문화를 크게 뒤흔들었던
우주 골치의 직접 등장 및 대화 사건도 별 결론

없이 그럭저럭 마무리 지어져 어정쩡하게
넘어가는 것 같았다.

하지만 소수의 석구인은 우주 골치에 대한
나쁜 감정을 지우지 못했다. 특히 그중 한
명은 자신이 어떤 조직에 속해서 조종당하고
지배당한다는 사실에 깊은 불만을 갖고 있는
사람이었다.

그럴 만도 한 것이, 그가 다니던 회사의
사장은 걸핏하면 이런 말을 했다.

"이 회사는 남의 회사가 아니라 우리
회사라고. 자기가 회사의 일부고, 회사가 곧
자기라는 생각으로 일을 하라고. 실제로 다들
소속된 회사를 이루고 있는 부분 부분이잖아.
말하자면 내가 머리고, 직원들은 손발인 거지."

월급도 별로 안 주면서 아무 때나 이런 말을 하는 사장을 누가 좋아하랴? 심지어 사장은 그 말이 감동적이면서도 재미있는 비유법이라고 느끼는 것 같았다. 사장은 '손발'이라고 말하면서, '발'을 발음할 때 문제의 그 석구인을 쳐다보는 버릇이 있었다. 꼭 "나는 두뇌고, 너는 발 직원이지"라고 말하는 것 같았다. 발 역시 신체의 중요한 기관이기는 하지만, 발 직원이라고 하면 아무래도 나쁜 기분이 들기 마련이다. 더군다나 석구인의 문화에서는 그런 불쾌감이 더욱 심했다.

그래서 그 직원은,

"한 석구인이 다른 더 큰 조직의 일부라는 점을 강조하는 것은 나쁜 짓이다! 한 석구인의 마음을 더 큰 조직이 조종하거나 지배하려고 들어서는 안 된다! 모든 석구인 한 명 한 명은 자기 생각을 독립하여 개성을 지켜야 하며, 그 생각이 그냥 무리가 이끄는 대로, 집단의 뜻대로 따라가서는 안 된다!"

라고 강하게 주장했다. 석구인은 자신의 생각을 춤과 노래로 만들어서 통신망을 통해 올렸는데, 이상하게 인기를 끌었다. 특히 춤이 웃기고 또 멋있으면서도 동시에 약간 따라 하기 어렵다는 점이 아주 중요했다. 곧 '정신 독립 춤 따라 하기 챌린지' 같은 것이 퍼지면서, 그 사상이 석구 전체에 대유행했다.

　바로 그 사상의 시각으로 우주 골치를 바라보는 석구인들이 나타나면서 상황이 빠르게 바뀌었다.

"우주 골치의 생각과 마음은 초은하단
간의 웜홀 연쇄 반응으로 일어난다."

"초은하단 사이의 웜홀 연쇄 반응은
초은하단을 이루고 있는 은하단들의 작용
때문에 일어나지."

"은하단들의 작용은 그 은하단들을 이루는
은하군들의 작용에 의해 일어나는데?"

"그 은하군들의 작용은 그 은하군을
이루는 은하계와 은하계 별들의 작용에 따라
일어나잖아."

"그런데 은하계 별들에 퍼져 살고 있는 게
우리들이지. 우리들의 마음과 정신이 모여서
결국 우주에 퍼지고, 그게 간접적으로 웜홀
연쇄 반응에 영향을 미쳐서 우주 골치가
생각을 하는 것이고."

"잠깐만, 그게 말이 돼?"

"생각해보라고. 결국은 우리들 하나하나의

마음이 우주 전체에 가득 차 있는 거대한
정신의 일부야."

"생각해봤지만, 뭔가 중간 고리가 엉성한
것 같았다니까."

"우리 마음은 모두 우주 골치의 정신에
들어가 있는 거라고."

정확하지 않은 점은 있었지만, 우주
골치에 대한 실망과 겹쳐 이 의견은 인기를
얻었다. 그리고 점점 더 큰 지지를 얻으면서
우주 골치를 아주 나쁜 인상으로 이끌었다.

"우주 골치가 우리 마음을 언제나
지배하고 있어서는 안 되는 거야. 우주
골치가 사장인 회사에서 우리 마음이 항상
회사의 일부가 되어 일하는 형태로 세상이
굴러가서는 안 된다고."

"무슨 말인지 모르겠어."

"우주 골치가 좋아, 싫어? 싫잖아? 그걸
그냥 둬야겠어?"

그렇게 해서 석구인들은 우주 최초로
우주 골치를 발견해냈던, 그 발전된 기술을
총동원해 우주 골치를 파괴하고 해체할
방법을 연구하기 시작했다.

얼마 후, 우주 골치는 석구인들 앞에 다시
굉장히 웅장한 연출과 함께 등장했다.

"애들아, 잠깐만. 나는 너희들 소원도
많이 들어줬는데, 너희들이 나를 깨뜨리려고
도전한다는 건 조금 기분 나쁜데."

그러나 석구의 분위기는 이미 적대적인

방향으로 넘어가 있었다. 우주 골치의 엉뚱한 등장은 오히려 석구인들을 더욱 화나게 할 뿐이었다.

이때 개발된 것이 바로 그 유명하고 악명 높은 무기인 중력자 붕괴 장치다. 중력자 붕괴 장치는 우주를 이루고 있는 근본 원리 그 자체를 파괴할 수 있는 위력을 갖고 있다. 이 무기로 우주의 주요 방향을 공격하면, 결국 웜홀 연쇄 반응은 하나둘 사라지게 된다. 이것이 석구인들 사이에 '최후의 전쟁'이라는 이름이 붙은 석구와 우주 골치 사이의 대전쟁이다. 전쟁이라고 하기에는 좀 뭐한 것이, 석구인들이 우주 구석구석을 공격하고 다니면 점점 쪼그라든 우주 골치가 다양한 방식으로 석구인들을 겁주는 쇼를 보여주면서, "이제 나 그만 괴롭히고 좀 착하게

살아라"라고 이야기하는 게 거의 전부이긴
했다.

그러면 석구인들은 언제나,

"너를 괴롭히는 게 착한 사람이 하는
일이다, 이놈아!"

라고 응답하며 더욱 거세게 공격했다. '최후의
전쟁'이라는 이름은 따지고 보면 '전쟁'뿐만
아니라, 앞부분 '최후'도 좀 어울리지 않는
단어다. 지금부터 따지자면 8억 2234만
5943년 전이라는 먼 옛날에 시작된 전쟁이기
때문이다.

전쟁은 석구인들의 승리로 끝나는 것
같아 보였다. 전쟁이 진행되는 동안 우주

골치의 생각, 지식, 기술, 힘의 수준은 훨씬 더
높아졌지만, 조직적으로 우주를 파괴해나가는
석구인들은 너무나 꾸준했다. 우주 골치는
8억 년이 넘는 세월 동안 꾸준히 망가지면서
쪼그라들었고 마침내 완전히 파괴되어 사라질
단계에 도달하게 되었다.

그런데 바로 이때, 다시 지구의 송진혁이
등장한다.

3

"도대체, 라니아케아 초은하단 바깥으로
자동차를 타고 가겠다는 이야기를 어떻게
해야 관심을 더 끌 수 있을까?"

송진혁은 깊은 고민을 하면서 라니아케아

초은하단 바깥 방향의 밤하늘을 보고 있었다. 바로 그 순간 그의 앞에 우주 골치가 나타났다.

8억 년 전 석구에 우주 골치가 나타났을 때의 화려한 등장과는 전혀 달랐다. 지구에 나타난 우주 골치의 쇠약해진 모습은 그냥 납작하면서도 둥근 빛 덩어리 같은 형체였다. 말하자면 접시나 좀 넓적한 밥그릇, 국그릇 모양의 빛이 밤하늘을 비행하는 듯한 모습이었다.

우주 골치는 공격을 피해 어떻게든 남은 부분을 추스르려 노력하고 있었다. 마지막 수단으로 자신의 모든 정신을 아주 좁은 공간에 응축시켜 어딘가 숨어버리기로 했다.

그러나 우주 골치가 숨기 직전에 마침

석구인들이 한 번 더 공격을 가했다.

"저게 뭐야?"

송진혁은 크게 소리를 질렀다. 송진혁이
보던 방향의 하늘에서 굉장히 이상한 빛이
폭발하듯 번쩍거렸다.

이 공격 때문에 우주 골치는 건강한
상태로 숨는 데는 실패하고 말았다. 우주
골치의 흔적 덩어리는 스스로가 우주
골치라는 것도 깨닫지 못할 정도로 부서진 채
기억과 생각의 일부만 남아 근처의 숨을 만한
곳을 향해 급히 파고들었다. 그 피신 장소는
바로 송진혁의 두뇌 속이었다.

"이건 뭐야?"

송진혁은 머리가 뜨끈해지더니 갑자기
터져 나갈 듯 아픈 느낌을 받았다. 머리가
확 부풀어 오르고, 엄청나게 커지는 것
같았다. 태양만큼, 은하계만큼, 라니아케아
초은하단만큼, 온 우주만큼 커지는 듯했다.
놀라서 머리통을 만져보았지만 머리의 외부가
달라진 것 같지는 않았다.

송진혁이 무슨 일이 일어난 것인지도
몰라서 당황하고 있을 때, 우주에서 나타난
이상한 현상을 분석하기 위해 학자들과 세계
각국의 정부 주요 기관 담당자들은 부지런히
움직이고 있었다. 송진혁이 "안 되겠다. 오늘은
일단 집에 가서 한숨 푹 자고, 내일 제정신이
좀 들면 다시 생각해보자"라고 결론을 내렸을
무렵에는, 이미 국군정보사령부 대원들이
출동해서 송진혁을 붙들어 비밀 실험실로

데려가고 있었다.

　강제로 비밀 장소에 붙잡혀 간 것치고 송진혁은 상당히 좋은 대우와 인격적인 존중을 받았다. 이렇게 따뜻한 대접을 받아본 적이 얼마 만인가 싶을 정도였다. 송진혁은 계속해서,

　"이놈들아, 사람을 함부로 가두고 이게 무슨 짓이야!"

라고 준엄하게 외치기도 했지만 사실 마음속 한편에서는 어떤 뜻깊은 보람을 느꼈다.

　일정한 기간이 지난 후, 송진혁이 갇혀 있는 방으로 한 무리의 사람들이 찾아왔다. 다들 대단히 친절하고 착하고 총명하고

착실하면서도 시원시원해 보였다. 이런
사람들이 세상에 있다고? 그것도 이렇게 많이
있다고? 그런데 다들 모여 있다고? 그리고
다들 나를 찾아왔다고?

그 사람들은 이런 곳으로 모셔서 죄송하게
되었다는 둥, 어디 불편한 점은 없었냐는
둥, 인사가 될 만한 말들을 몇 마디 했다. 그
후 가장 호감 가는 모습의 사람이 송진혁의
맞은편 자리에 앉았다.

자신을 협상관이라고 소개한 그 사람은
송진혁에게 이렇게 말하기 시작했다.

"지난 며칠 동안 굉장히 많은 일이 있어,
정작 중요한 송 선생님을 소홀히 대한 것
아닌가 싶어서 죄송합니다. 짧게 말씀드리자면
저희는 우주 저편에서 온 외계인들을 만나고

의사소통에도 성공했어요. 아직 공식 발표 전입니다만, 곧 나갈 예정입니다. 벌써 인터넷에 기정사실이다 싶은 소문은 많이 돌고 있고요.”

“외계인요? 그러면 그때 제가 본 그 비행하는 밥그릇, 그게 외계인이 맞았던 거예요?”

“비슷합니다. 그런데, 그것보다 훨씬 더 중요한 문제가 있습니다.”

드디어 외계인과 인류가 만나게 되었다는 것보다 더 중요한 문제가…… 뭐지?

“선생님의 두뇌 속에는 지금 우주에서 가장 발달된 정신이 갖고 있던 지식이 파고들어와 숨어 있습니다. 저희는 그걸 꺼낼 겁니다. 저희와 동맹 관계에 있는 외계인은

그 지식 덩어리를…… 음…… 뭐라고 말하면
좋을까요."

협상관은 잠깐 말을 멈추었다.

"비활성화시킬 예정입니다. 그 외계인들은
꼭 그렇게 하고 싶어 하거든요."

협상관은 "비활성화가 어떤 건데요?"라고
묻지 말아달라는 듯이 바로 말을 이어나갔다.

"대신에 저장되어 있는 지식의 내용은
저희 세계 주요 33개국 협의체에서 모두
가져가 분석할 겁니다. 대략 파악하고 있는
바로는 그 지식을 이용하면 세계의 모든
전쟁을 멈추고 평화를 이룩하는 좋은 협의
방식과 한층 발전된 사상을 만들 수 있고,
지독한 불치병과 감염병을 예방하고 치료하는
갖가지 약들을 개발할 수도 있으며, 우주

저편으로 진출할 새로운 우주선을 만드는 기술도 얻을 수 있을 걸로 보고 있습니다. 한마디로 우리 인류의 위험한 문제들을 다 해결하고, 완전히 새로운 시대로 발전할 수 있는 지식이 선생님 두뇌 속에 들어 있는 겁니다."

"제 머릿속에요?"

송진혁은 자기 머리를 다시 한번 만져보았다. 협상관이 말했다.

"그런데 문제는 그 우주의 정신을 두뇌에서 뽑아내려면, 두뇌를 말 그대로 쪼개어 조각조각 분해하는 수밖에 없다는 겁니다. 송 선생님 두뇌 구석구석을 전자 장비를 이용해서 발라가며 읽어야 하거든요. 그러면 송 선생님은 목숨을 잃겠지요."

"아니, 아니, 잠깐만. 무슨 이야기예요?
인류 발전을 위해서 저 하나쯤은 죽어도
된다는 거예요? 그런 무시무시하고
이기적이고 독재적인 발상이 어디 있어요?"

"그런 건 절대 아닙니다. 저희는 선생님의
자발적인 협조를 구하는 겁니다."

송진혁은 협상관이 당장 뇌 속에 손이라도
집어넣을 거라고 생각하는지 머리를 뒤로 쭉
뺐다. 협상관이 말했다.

"선생님이 이 일에 협조해주시면, 저희는
선생님을 전 세계 모든 나라의 교육 과정에
포함시켜 온 세상을 구한 최고의 영웅으로,
가장 위대한 인물로 영원히 사람들이
떠받들도록 하겠습니다. 그리고 유가족에게도
막대한 상금을 드려서 평생, 아니 대대로

잘살도록 해드릴 겁니다. 이 정도면 해볼 만한 일 아닙니까?"

"명성 얻고 돈 얻자고 목숨을 내놓으라고요?"

"말이 아주 안 되는 일은 아니지 않습니까?"

협상관은 송진혁의 얼굴을 정면으로 똑똑히 바라보았다.

"어차피 10년을 사나 50년을 사나 100년을 사나, 한 인생입니다. 송 선생님은 지금 작고하신다고 해도 소년 시절에 아깝게 세상을 떠나는 것도 아니고, 어느 정도는 삶을 누리셨습니다. 그런데, 앞으로 한 몇십 년 수명을 더 늘리는 게 그렇게까지 중요할까요? 지금 목숨을 포기하면 대단히 보람찬 일을

하시는 것이고, 전 세계에 영원히 그 영향을
남길 수 있습니다. 누구에게나 짧은 인생, 끝난
뒤 남는 게 중요하지 않겠습니까?"

　"세상 사람들에게 저를 영웅으로
소개한다는 것도 좀 그래요. 우연히 마주친
외계인 우주선에 맞았다고 해서 제가 영웅이
된다는 건, 그냥 운 좋은 사람이라는 것밖에 안
되잖아요."

　"원래 역사 속의 영웅이라는 게 다 운 좋은
사람들입니다. 그리고 저희는 선생님께서
부단히 우주에 도전하고 노력하신 끝에
마침내 우주의 위대한 지식을 얻게 되었고,
그것을 나눠주기 위해 인류 역사상 가장
고결한 희생을 하셨다는 식으로 이야기를
멋지게 포장해서 알릴 겁니다. 그 정도면 좋지
않습니까?"

　"그래도 그렇죠. 사람들 좀 잘 살게

하겠다고, 남의 목숨을 빼앗는다니."

"반대로 생각해보십시오. 선생님이
자기 목숨 하나를 지키려고 저희 제안을
거절하시면 목숨을 구할 수 있는 수많은
사람들이 희생당하는 겁니다. 지금도 병에
고통받는 어린이들, 전쟁으로 희생되는 무고한
사람들이 수없이 많습니다. 그 사람들을 모두
죽음으로부터 구할 수 있는 지식이 지금
선생님 두뇌 속에 들었다고요. 많은 사람들의
목숨을 포기하고 선생님 한 사람의 목숨을
지키려고 하신다면, 그게 더 이기적인 것
아니겠습니까?"

송진혁은 뭐라고 대답해야 할지
몰라 망설였다. 협상관은 목소리를 한 번
가다듬더니, 다음 이야기를 꺼냈다.

"게다가 저희는 선생님께서 동의만
해주시면, 지구 역사상 그 누구도 경험하지
못했던 가장 완전한 행복감을 제공해드릴 수
있습니다."

"그게 무슨 말씀이신가요?"

"저희는 외계인들의 지식을 이용해 사람의
뇌에서 어느 부분이 즐거움, 기쁨, 행복을
담당하는지 알아냈습니다. 선생님이 동의만
해주신다면, 두뇌 수술을 하는 동안 그 부분에
적절한 전기를 흘려 넣어서, 사람의 뇌가 느낄
수 있는 가장 완벽한 행복감을 상상조차 못 한
수준으로 느끼게 해드릴 것입니다. 외계인들이
떠나고 나면, 이런 행복감을 다시 느낄 기회도
없을 겁니다."

"그건 그냥 가짜로 잠깐 기분 좋게 해주는
것뿐이잖아요?"

"그렇지 않습니다. 선생님께서는 실제로

전 인류를 위해 고귀한 희생을 하시지요. 그와 동시에 깊은 행복감도 느끼는 것입니다. 그냥 단순히 짜릿한 느낌만 넣어주는 것이 아닙니다. 깊은 감동, 뼈저리게 느껴지는 보람찬 기분, 삶의 진정한 기쁨을 맛보았다는 충만감, 모두 다 느끼실 수 있도록 정확하게 전기를 보내드릴 겁니다. 잔잔하고 평화로운 감정을 끝없이 느끼면서, 세상 모든 문제에 대한 답을 얻었고 그 모든 문제가 다 풀렸다는 굉장한 느낌도 받으실 겁니다."

"그게 정말로 제가 세상 모든 문제를 다 푼 건 아니잖아요. 그런 느낌만 받는 거지."

"그러나 본인을 희생하셔서 앞으로 세상 모든 사람들을 구하는 커다란 공을 세우신다면, 그런 느낌을 받는 게 거짓이라고 할 수만은 없지요. 세상을 구하고, 누구도 느끼지 못한 행복감을 받으시면서 인생을

마감하는 겁니다. 이게 나쁜 걸까요?"

송진혁은 혼란스러워하는 것 같았다.

"그래도 이런 건 왜인지 수락하면 안 되는
나쁜 짓 같아요. 좀 더 생각할 시간을 주세요.
별을 보게 해주세요. 라니아케아 초은하단의
풍경과 그 바깥쪽의 공간을 보게 해주세요."

협상관 일행은 시간을 지체하면 두뇌 속에
결합된 지식이 점차 소실된다고 경고했다.
그러고는 일단 송진혁 곁에서 물러난 뒤
통신실로 들어가 송진혁과의 대화를 지켜보고
있던 석구인들과 통신을 시작했다. 석구인들은
그들이 개발한 통역 장치를 이용하고 있었다.
석구인 하나가 통신문을 보냈다.

"여러분은 완전히 잘못된 협상 방법을
사용하고 있어요. 저희한테 넘기세요. 저희가
처리할 테니까."

"어떻게 하시려고요?"

"순서가 바뀌었어요."

석구인의 표정을 이해할 수는 없었다.
하지만 어째서인지 웃는 것 같아 보였다.
석구인의 통신문이 이어졌다.

"저희는 저 녀석에게 다른 이야기를 하기
전에 먼저 뇌에 행복감을 주는 장치부터 한
번 경험하게 해줄 거예요. 엄청나게 막강한
행복을 느끼겠죠. 그게 없어진 다음에
느껴지는 평범한 기분을 도저히 견딜 수 없을
거예요. 그러면 뭐라고 하겠어요? 한 번만,
딱 한 번만 그 느낌을 다시 맛보게 해달라고

애걸할 거라고요. 그때 선심 쓰듯이 목숨을 달라, 두뇌를 달라, 라고 하면 돼요. 결국 결과는 서로에게 좋은 거니까."

"아무리 행복감과 기쁨을 준다지만, 그렇게 심한 충격을 함부로 줘도 되는 겁니까?"

"뭐, 문제가 될 수도 있겠죠. 상관없어요. 저희 쪽 담당자를 지구에서 무슨 마약 사범 같은 것으로 처리해서 붙잡아 가셔도 좋아요. 이해해요. 그런데 어차피 바로 사면해줄 것 아닙니까? 그래야 저 사람이 정말로 자기를 희생해서 지구에 미래를 열어준 영웅이 될 테니까요."

지구인들은 안도의 한숨을 쉬었다. 석구인의 이야기를 듣고 보니 이런 정도의 마음가짐으로 일을 한다면, 결국 뜻대로 풀릴

것 같았기 때문이다. 협상관은 오래전부터
묻고 싶었던 것이 문득 생각나, 석구인에게
물었다.

"이 일이 성사되면 그 우주 전체의 마음을
완전히 파괴하실 건가요? 좀 아쉽다면 아쉽지
않습니까? 우리의 모든 마음과 정신이 알고
보면 우주 전체에 가득 찬 정신의 일부라는 게
좀 안심이 되기도 하고 따뜻한 느낌이 드는
측면도 분명히 있는 것 같은데요."

그러자 석구인이 대답했다.

"그런 느낌은 어린애들이 보이 스카우트
단복 처음 입어보고 좋아하는 거랑 비슷한
거죠."

작가의 말

    불교에서는 지금도 누가 어디서 무엇을
하는지 쓸 때, 사람의 주소를 "사바세계
남섬부주 동양 대한민국 서울시 종로구—"라는
식으로 표시할 때가 많다. 우리가 아는 세상
말고도 여러 가지 다른 세상이 많이 있을
수 있기 때문에 그것을 나라 이름과 주소
앞에 표시하는 것이다. 이런 발상은 현대
과학이 밝혀낸 우주의 어마어마하게 넓은
규모에 대해서도 비슷하게 적용될 수 있을
것이다. 나는 그런 내용이 소재가 되는 SF가

있다면 재미있을 거라고 생각했다. 그래서
이번 글에서 대단히 큰 규모의 공간과 한
작은 사람이 차지하는 영역이 관계를 짓는
이야기를 써보려고 했다.

2023년 3월

곽재식

- 07

우주 대전의 끝

초판 1쇄 인쇄 2023년 3월 24일
초판 1쇄 발행 2023년 4월 12일

지은이 곽재식
펴낸이 이승현

출판2 본부장 박태근
스토리 독자 팀장 김소연
편집 강소영 곽선희 김해지 이은정 조은혜
디자인 이세호

펴낸곳 ㈜위즈덤하우스   **출판등록** 2000년 5월 23일 제13-1071호
주소 서울특별시 마포구 양화로 19 합정오피스빌딩 17층
전화 02) 2179-5600   **홈페이지** www.wisdomhouse.co.kr

ⓒ 곽재식, 2023

ISBN 979-11-6812-707-4 04810
      979-11-6812-700-5 (세트)

값 13,000원